KB122938

炎天凍死

염천동사

황금알 시인선 129

염천 동사炎天 凍死

초판발행일 | 2016년 6월 20일

지은이 | 양숙
펴낸곳 | 도서출판 황금알
펴낸이 | 金永馥
선정위원 | 김영승 · 마종기 · 유안진 · 이수익
주 간 | 김영탁
편집실장 | 조경숙
표지디자인 | 칼라박스
주소 | 03088 서울시 종로구 이화장2길 29-3, 104호(동숭동, 청기와빌라2차)
물류센타(직송 · 반품) | 100-272 서울시 중구 필동2가 124-6 1F
전 화 | 02)2275-9171
팩 스 | 02)2275-9172
이메일 | tibet21@hanmail.net
홈페이지 | http://goldegg21.com
출판등록 | 2003년 03월 26일(제300-2003-230호)

©2016 양숙 & Gold Egg Publishing Company Printed in Korea

ISBN 979-11-86547-37-3-03810

炎天凍死
염천동사

양숙 시집

황금알

세대를 두 번쯤이나 버텨왔으면서
아직도 인생이 무엇인지를 모르겠습니다.
인생이 무엇인지도 모르면서
인생의 집적체인 글을 쓴다니
그것도 시를 감히,
그러면서도 간혹 혼자서
인생이 뭐냐고
시가 무엇이냐고
묻고 답해봅니다만
딱히 한 마디로 답하지 못해
자신에게 화가 나기도 하고
부끄럽기도 해서
슬며시 꽁무니 빼곤 하다가
스스로에게도 부끄러운 짓을
모르는 척 이젠 아주 드러내놓는
뻔뻔스러움에 들어섰습니다.
이런 뻔뻔스러움을 나누겠다는 용기를 내어봄은
어쩌면 다들 이럴지도 모르겠다는
뻔뻔스러움 덕분 + 때문입니다.

'봄은 일렁이는 아지랑이에게
언덕바지에서 수줍게 웃는 꽃다지에게
땀 젖은 솜털 세우는 골바람에게
땡볕 마당 지키다 축 처진 봉숭아에게
참새에게 희롱당하는 허수아비에게'
— 「마음섶 들기」 부분

그의 시는 '…에게'와의 관계다.

매일매일 시가 보이는 사람과 보이지 않는 사람과의 차이는 바로 거기에 있다.

서울 종로 2가 YMCA 양쪽에 가로수로 버티고 서 있는 매화나무에 꽃이 활짝 피었다.

2016년 3월 25일 금요일 오후 7시 정각 양숙 시인은 인사동 시가연에서 「종로매鍾路梅」를 읽었다.

서울 한복판에서 매화를 보는 일, 느끼는 일, 그리고 소리 내어 읽는 일, 그게 시와의 관계다.

그는 청파동 숙명여대 앞에서도 그런 관계를 맺었다. 제임스 딘과의 관계.

'청파동 숙명여대 앞에 서 있다
하루 이틀 지나면 그냥 들어가겠거니 했는데
여름 한낮 땡볕 더위에도
꼬치 굽는 매운 연기에도
빌딩 골바람 휘몰아치는 추위에도
깃 바짝 세우고 목은 드러낸 채
찢어진 청바지 하나로 사계절을 버텨내고 있다

(생략)

에둘러 가는 길이지만
젊은이만이 가질 수 있는
자기만의 세계를 추구하다 요절한
제임스 딘의 그 열정이 부럽고
그 기운 수혈 받고 싶어
늘어진 눈꺼풀이지만
가볍게 살짝 윙크하고 지나간다
받아주건 말건'

–「제임스 딘」 부분

흔히들 그가 생각나면
"You were too fast to live, too young to die,
bye-bye."

이렇게 그를 노래한다. 그의 짧은 인생을 아쉬워함이리라. 시는 그런 보상이 아니더라도 그와의 관계 이상의 것을 바라지 않는다.

> 쌍봉까지 녹이는 지열
> 반짝이는 별을 벗 삼아
> 딸랑딸랑 걷는 방울 소리
> 껌벅껌벅 걷는 기다란 눈썹
> 허기진 배와 타는 갈증을
> 가시 한 줌으로 달래고
> 혀끝에서 뚝뚝 떨어지는
> 핏방울로 발등 적시며
> 한 줄로 나란히 서서
> 휘적휘적 발길 떼는
> 사막의 구도자
> 너는 부처
>
> — 「낙타 부처」 전문

몰이꾼이 모래밭에 누워 별을 읽는 동안, 낙타는 가시 풀을 새김질하며 피로를 푼다. 그건 사막과의 관계요, '사막의 구도자/ 너는 부처'다, 이건 시인의 교시敎示다.

양숙 시인의 시심은 일렁이는 아지랑이다. 그의 발걸음이 아지랑이와 같다. 그래서 도심의 어지러운 소음과 뿌연 미세먼지와 울긋불긋한 간판과 현수막과 거대한 영상 화면 속에서도 모조가 아닌 인조가 아닌 실화實花에게 주는 시선은 강렬하며, 잊히기 쉬운 열정의 상흔에도 아픔을 함께하고, 낙타의 침묵 속에서 흘러나오는 혈류를 몸으로 받는다. 그에게 있어 시는 유랑의 어휘가 아니라 심연 깊이 흐르는 피의 소리다. 그는 그렇게 시의 길을 걸어가려고 마음먹은 사람 같다. 앞으로 10년 20년 아니 30년, 그렇게…

차 례

1부

2부

3부

1부

초대

몸 역시 자연의 일부라서
봄, 여름, 가을, 겨울이 있대요
몸이 예전 같지 않다고 느끼지 말래요
내 몸이 가을을 맞았다고 생각하래요
물리적으로 다시 봄, 여름으로 갈 수는…
세월이 선물해준 가을, 겨울을 향유할 수 있는
방법을 궁리하는 일이 실속 있고 즐기는 거래네요
현재형으로 오늘을 즐기지 못하는 사람은
과거형의 어제도 잘 살지 못했던 사람이래요
지금 쥐고 있는 이 시간을 충분히 즐기고 누리래요

초대합니다
세월의 선물에

십여 년 만에 연보라색 한지에 손글씨로 써서
베고니아 실실대는 우체국에서 우표를 붙여 보냈다
나에게!

날 무딘 호미

이른 봄
고로쇠나무 물오르듯
시 나무에
욱욱 물이 오른다

마음 가는 것마다
눈길 가는 곳마다
주렁주렁 맺힌 열매

달콤함 도르리*하게
거름 한 줌 북돋아 주는
날 무딘 호미이고 싶다

* 도르리 : 몫몫이 골고루 돌라 나눠 먹는 일
* 카톡으로 시를 보내주는 친구. 分身을 거저 받으려니 미안

너와 나 3

너와 나
제비 되어
　홍보네 처마 밑을 찾을까나

너와 나
종다리 되어
　푸르른 보리밭을 노닐까나

너와 나
딱따구리 되어
　참나무 구멍을 뚫을까나

당신 가슴에 3

만백성 먹여 살릴
모판 내고 싶다
당신 가슴에

모래성에 밀물 덤비듯
와락 덮치고 싶다
당신 가슴에

천년을 사는 닥종이로
완자창 내고 싶다
당신 가슴에

백자 달항아리 구우려
소나무 장작 지피고 싶다
당신 가슴에

핫핫핫 덕분

순두부찌개 나온 흐린 날
아침부터 큰일 본 녀석 때문에 냄새 덜 가셔
안 그래도 장맛비 저기압에
찌뿌둥한 교실 벗어나고 싶은 맘뿐
간신히 참고 밥 한술 뜨려는데 와장창~
얼른 휴지 들고 뛰어가 정리하고
일어서려는 순간 툭!
에고 왜 이러나…
다시 휴지 뭉치째 들고 달려가
엎질러진 국물 닦아내고 일어서
자리에 앉으려는데 쨍그렁~

오늘 날궂이 하나?
이미 식어버린 국물 간신히 한술 넘기니
식어버린 순두부가 밥줄 내려가면서
뱃속에게 토렴하려 울근불근

그러는 순간 '드드드' 진동
잔뜩 들뜬 목소리 친구가 "밥은?"

"여차저차 찬밥 넘긴다"
"핫 핫 핫!"
고맙다
그 친구 웃음 덕분에
국물이 좀 데워졌다
hot hot hot!

詩宅 어르신께*

몸소 실천하시고
느을 당부하시기에
가슴에 와 닿습니다

'슬퍼하지 말고'
'미워하지 말고'
'감사하며 살아라'

미워하지 않는 일은
연습이 좀 됐습니다
건강히 일하며 살아가니
정말로 감사합니다

그런데
제주 4.3사건 다랑쉬굴
─이재수 아홉 살
광주 5.18 민주 항쟁
─전재수 열 살

왜 그 어린것들에게
차마, 설마, 도저히
인간으로서 할 수 없는…

슬퍼하지 말아야지
다짐에 다짐을 해도
자꾸 눈물이 납니다
제가 인간이란 사실에
참으로 슬퍼집니다

* 詩宅 어르신: 이생진 시인님.

효도 개다리춤

외로워도 슬퍼도 나는 씩씩해!
장녀의 개다리춤은 압권

시종일관 목이 터져라 온몸이 개다리가 된 것은
시모님이 늘 안쓰러워하는 셋째 딸

생전 입도 크게 벌려 웃지 않던 저 사람은 넷째 동서
만능 알뜰 살림꾼 넷째도 분위기 높이는 개다리

딸 잘 키워주셔서 고맙다고 장인장모께 큰절 드리는
막냇사위와 딸도 흥겨움이 천정을 뚫는 개다리

어색함 숨기고 뚱실개다리를 만들어내는 것은
역시 열심히 살아가는 깔끔이 둘째 딸

어디서 저런 열정이 솟아나는지
불어난 몸매를 힘차게 흔드는 것은 막내 동서

음대치대를 지금까지도 다니는 둘째 아들도
목에 힘줄 불끈 세우며 동그라미를 키운다

24

교사로 정년퇴직한 장남 며느리
손녀에게 배운 개다리는 빙글빙글에 더 가깝다

올해 교수 정년 앞둔 장남도 어색하지만
처음 선보인 뒤뚱 으적 개다리

다들 온몸으로 효도 잔치 개다리춤을 추는데 왜 자꾸
촌스런 40년 전 가족사진 인물과 겹쳐 어른거리는지

신청하지도 않은 노래를 흥얼거리는 아버님의 노래는
역시 일본 유학시절 부르셨던 일본 노래

무슨 노래든 척척 맞추는 힘찬 장단은 허리가 기역
자로 변한
어머님의 솜씨라는 것을 누가 상상이나 할까

누구는 부모님께 효도 고스톱을 친다는데
우린 개다리 춤판을 신나게 벌인다

할매 말고!

환갑 문턱에 발 디뎠지만
새로 불리고 싶은 이름에 대해
단 한 번도 생각해 본 적이!
굳이 새로운 틀에 가둘 거면
근사한 호칭이라도…

아줌마? 할머니? 할줌*?
근데 지금 나는 어디에?
헷갈린다
'재수 없으면'이 아니라 60/120년!
'지금까지만큼'을 '더 살아내야 한다'는
끔찍한 현실이 숨 막히게 짓누른다

왜 하찮은 호칭 따위를 가지고 다…
누가 휘두르는 것도 아닌데
스스로 휘둘리고 있는 것이다
엄마 살아가신 그대로 따라가니 쉬웠던 것임을
자식 기르며 이미 겪었으면서도
엄마와 다른 뭐가 없을지 쓸데없는 고민이다

아무것도 아닌 호칭 문제로 말이다

아직은 쓸 만한 구석이 남아 있는데
뭐라고 불러줄 건지 궁금해
은행잎 환한 길 둥싯대며 걸으면서
'할매 말고!'를 되뇌는데
때마침 바르르 떠는 전화기
반가운 손자다
"외할머니!"
"아이구 내 새끼!"

* 할줌: 할머니 아줌마 중간쯤(신조어)

나는

일월에는
  운문사 학당 섬돌 위 어깨동무하는
  검정 고무신들 따뜻하게 데워주는
  한 줌 햇볕이고 싶어요

이월에는
  부석사 언덕길 쓸어내는 사미승처럼
  당신 가슴에 정갈함 남기는
  한 자루 싸리비이고 싶어요

삼월에는
  이리 갈까 저리 갈까
  갈 길 잡지 못해 망설이는 새내기에게
  불회사 들머리 석장승이고 싶어요

사월에는
  다산 백련사 붉은 동백꽃 송이처럼
  평안한 당신 가슴속으로
  그냥 '뚝' 떨어지고 싶어요

오월에는
　생각의 실타래 풀지 못해 꼬인 몸 주체 못 하는
　상산사 등나무 그늘시렁
　받침대 기둥이고 싶어요

유월에는
　해인사 팔만 대장경각 유자창 넘나들며
　부처님 말씀 고이 간직하려는
　한줄기 바람이고 싶어요

칠월에는
　'따로이되 하나'라며 가람들 구획 지어주는
　대둔사 이끼 낀 죽담 위에 오롯이 가부좌한
　연보라 들꽃이고 싶어요

팔월에는
　천년 세월 말없이 웅변하며
　시원한 그늘 드리우고 당당하게 서 있는

무위사 앞마당 느티나무이고 싶어요

구월에는
　소리 죽여 숨 쉬며 출가만을 기다리는
　통도사 뒷마당 어깨 넓은 항아리 속
　곰삭은 고추장 된장이고 싶어요

시월에는
　개심사 뜰아래 타는 단풍 거느린 작은 연못
　다듬어진 외나무다리처럼
　편안함 건네주고 싶어요

십일월에는
　겨울을 등에 업고 추적추적 찬비 내리는 오후
　칠불사 亞字방 구들 데우는
　참나무 장작이고 싶어요

십이월에는
　털 가진 뭇 짐승 구제 위해 통북 울리려

마곡사 요사채 마루에 놓여 있는
손때 묻은 북채이고 싶어요

그러고는
　시간 가는 줄도 모르고 일하다 지쳐버린
　당신 가슴에 맑은 향 담아내는
　분청 찻잔이고 싶어요

친정아버지께서

사서 교사 바뀐 도서실
첫인사 환영으로
가을 안뜰 깊게 하고
잉크 구린내 나는 책
폭서*도 해줄 겸 찾았다

문득 올려다본 책상 위 벽 글귀
'곡학아세曲學阿世*'
"곡 학 아 세" 소리 내어 읽으니
새 사서 일하다 말고 장갑 벗고는
엉거주춤 인사로 맞잡은 양손
낯선 눈빛 뭔가 잘못이라도……?

돌아가신 친정아버님께서
늘 당부하셨던 말씀이어서
친정아버지 뵙는 것 같아
반가움에 마음 다잡지 못했노라니
느낌이 얼마나 큰지 알겠다며
활짝 웃음으로 마음을 놓는다

도서관이 가까워진 듯하다
통할 것 같은 예감에 마음은 이미 친구다
아버지께서 멋진 친구를 만들어 주신 가을
하늘도 짙푸르고 드높아졌다

* 폭서曝書: 책을 볕에 쬐고 바람에 쐬다.
* 곡학아세曲學阿世: 바른길에서 벗어난 학문으로 세상 사람에게 아첨함.
* 귀맛: 말소리나 이야기를 귀로 듣고 느끼는 맛.
* 손바닥으로 하늘 가리는 일도 곧 한계를 드러낼 듯한 날들…
  學은 곧아야 하는데 정말 곧은 적은 없었을까?

갈등葛藤

꽃향기로 초대할 땐
정말 좋아 한없이
가까이 가고 싶었지요

넓은 그늘 드리워
살랑바람 들일 땐
편안히 눕고도 싶었고요

하지만
당신은 무소처럼
아랑곳하지 않고

커다란 열매 맺자 하니
제겐 너무 버거워
어떻게 해야 할지

분명 이럴까?

갑자기 순대가 먹고 싶다
생전 입에 댄 적 없는데
이상하다 이게 바로 입덧이라는……?
입에 침이 고인다
시장에서 봤던 보기 흉한 장면 상상하며
그냥 참으려 해도 도저히 못 참겠다

눈여겨본 적 없어 어디서 파는 줄도 모르고
금방 살 줄 알고 아파트 단지 지하 슈퍼로
파는 곳 없다기에 슬리퍼 신은 채 옆 동네로
여기도 없다며 저어기 재래시장으로 가란다
밥 제대로 먹은 지 일주일 넘어 말할 기운도 없는데
아랫동네 재래시장까지 기어가듯 가서 품고 온 순대
무려 2인분!

　미지근 식은 순대 두 점째 입에 넣으니 노린내가 치
민다
　한 시간 전까지도 무척 먹고 싶어 침 고였잖아
　이걸 살려고 얼마나 헤맸는데

아까워 한 점 더 넣는 순간
화장실 문을 박차고 말았다

버리려다 혹시 나중 다시 먹고 싶어질까 봐
아까워 윗목으로 밀어 두었더니
온 집안에 진동하는 노린내
언제 그토록 먹고 싶었는지 봉지조차도 보기 싫다
꽁꽁 묶어 한 손으로 코 막고 쓰레기통에 넣고도
쓰레기통마저 비닐로 싸서 밖으로 내놨던 기억 선
명한데

그 순대 먹고 낳은 딸이 임신 외출 중 점심 먹자니
"순댓국이요."
순댓국? 그 기름진 것을?
집에서는 삼십 년 동안 단 한 번도 먹인 기억이 없
는데
애도 아기 갖더니 순대가 먹고 싶단다
오감 중 가장 보수적인 것이 입맛이라는데
혹시 거의 채식주의자인 친정엄마도 나 가져서 순

댓국 드셨을까?
　만삭인 딸은 국물까지 후후 불어가며 잘 넘기는데
　난 당최 안 넘어간다

　거참 신기하다
　이런 것도 유전이 되는 건가
　친정엄마 생각에 그렁그렁 눈시울 숨기고 싶어
　커피 뽑으러 간다
　기름진 순댓국 잘 먹은 딸도
　삼십 년쯤 후 분명 이럴까?

엄마 단감나무

엄마 아버지 계신 곳
배롱나무가 환하게 맞아줍니다
엄마가 팔 벌리시던 모습입니다
엄마! 넷으로 하나 줄었어요
큰딸이랑 잘 지내시지요?

울 엄마 피땀으로 지으신 시골집
솟을대문 옆 장미는 늦은 꽃 피웠지만
아무리 코를 들이대 깊게 들이켜도
향기는 미동도 않고 어지럽기만

새로 든 주인 걸레질이 시원찮은지
우물마루 청판 썩어 정井자 삭은 데다
섬지기 장항도 윤기 잃고 어깨가 처졌고
추녀 도깨비 막음새도 깨져 볼썽사납습니다

뒤란 단감나무는 창고에 기댄 채
휘어진 가지 가누질 못해 꺾일 지경
주렁주렁 자식들 매달던 엄마 모습에

땡감 먹고 마신 물처럼 목메 길 나섭니다

떨어지지 않는 발길 뒤돌아보며
단감 따주시던 엄마! 부르니
내가 부르는 '엄마' 속에
내 딸이 부르는 '엄마'가 들어 있습니다

제임스 딘

청파동 숙명여대 앞에 서 있다
하루 이틀 지나면 그냥 들어가겠거니 했는데
여름 한낮 땡볕 더위에도
꼬치 굽는 매운 연기에도
빌딩 골바람 휘몰아치는 추위에도
깃 바짝 세우고 목은 드러낸 채
찢어진 청바지 하나로 사계절을 버텨내고 있다

왜 이 여기서?
치열한 경쟁 뚫고 입학한 대학생활
뭔가 새로운 에너지를 발산할 듯하였지만
현실은 풋풋함 발산할 기회조차 차단당하고
소개팅 서너 번 하고 나면 취직자리 걱정해야 하고
그나마도 안 되면 고루하다 폄하하지만 가장 안전한
영구 취직 결혼도 마다치 않는 여대생들에게
편안한 생활에 안주하겠단 생각 버리라 독려하느라
사계절을 그리 학생들을 지키며 서 있나 보다

에둘러 가는 길이지만

젊은이만이 가질 수 있는
자기만의 세계를 추구하다 요절한
제임스 딘의 그 열정이 부럽고
그 기운 수혈 받고 싶어
늘어진 눈꺼풀이지만
가볍게 살짝 윙크하고 지나간다
받아주건 말건
그래도 난 아직 열정 팔팔하거든!

홀로 오열하는

막 지공 선사가 된 언니가 가셨다
말 그대로
이 세상 소풍 나왔다 돌아가셨다
고생 끝냈으니 편안하시겠다
나보다 먼저 왔다가 먼저 가셨으니
순서가 맞다 여기려 해도 잘 안 된다

정정하시지만 경제적 능력은 아무것도 없는
홀로 남은 팔십 시모님은 누가 모실 것이며
조모님 모시기는커녕
지 앞가림도 못 해서
결혼은 꿈조차도 못 꾸고 있는
올해 서른세 살인
하나뿐인 아들의 넋 나간 모습에 다들…

홀로 오열하는 조카가
하나뿐인 손주로 보인다
딸에게 딱 맞는 장면이라 여겨
자식이 외롭지 않게 하라고

다시 당부하지만
마음 놓고 맡길 보육 시설 부족과
출산 후 경력 단절에 대한 경험으로
아이를 낳지 않는 게 아니라
더는 못 낳는 저는
더욱 암울하다며 항변하는데
할 말이 없다

세탁통 안 가족

평소 아침 인사도 살갑게 나누지 못하고
눈 뜨자마자 씻고 나가기도 바쁜 도시생활
동서남북으로 흩어져 있던 평일
주말이라도 같이 지내려나 싶어 가족이 좋아하는
싱싱한 과일과 생선 기름기 적은 고기도 준비했다
일에서 벗어난 주말 늦잠 자고 싶지만
이불 젖히고 볼륨 낮춰 라디오 켠다
모처럼 따뜻한 아침 먹여야지

된장국 뚝배기 뚜껑이 이중섭 황소처럼 식식대니
공기 정화기가 최고 단계로 윙윙거려도
어느 누구 하나 일어나지 않는다
기다리다 못해 아점이라도 먹여야지 깨우니
진즉 깨 주지 않았다고 툭툭 발끝으로 투덜대더니
옷만 뱀 허물로 남겨두고 또 나간다

혼자 받은 아점
젓가락도 힘없이 찬그릇 시찰 돌다 만다

여기저기 걸린 옷들 세탁기에 넣으니
통 안에서 남편 점퍼와 딸의 바지가
내 스타킹과 딸의 셔츠가 얽히고설켜 껴안더니
아이들 어렸을 적처럼 한데 엉겨 신나게 돈다
해체된 가족이 오랜만에 한 통속에서 어울리기에
새물내*에 가족 체취 스미게 유연제 넣지 말 걸…

* 새물내: 빨래하여 막 입은 옷에서 나는 냄새.

포클레인과 개나리

와자작 찌그럭 와장창
붉은 벽돌 오층집 일본식 판자벽 3층 건물까지
무지개색 부직포로 가렸어도
무너지는 소리와 부근까지 뽀얀 먼지

며칠 전부터
빌딩 사이 그늘에서
간신히 연명해가는 개나리 한 무더기
노릇한 망울 준비하며 눈길 잡아대더니
햇살 좋고 너른 곳에 자리 잡은
다른 친구들 이미 잎 피워 올리는데
이제야 샛노랗게 웃는다
하지만하지만
철근 콘크리트도 이렇게 넘어가는데
무슨 수로 버텨낼지

무적함대 포클레인, 샛노란 개나리 앞에서
마구 휘두르던 삽질 멈췄다
어떻게 하나 지나던 길 멈추고 보니

기사 휘두르던 팔 들어 세우고는
기계에서 사뿐 내려와서
담배 물고는 푹푹 연기 내뿜더니
발로 비벼 끄고 개나리 꽃 무더기 앞으로 간다
이리 둘러보고 반대쪽으로 가서도 고개 내밀어 둘
러본다
체념했는지 가지 서넛 꺾어
하나는 팔뚝 볼펜꽂이에 끼우고
남은 건 운전석 앞창 구석 종이컵에 꽂고도
한참 뜸을 들이더니 입 꽉 물고 포클레인 팔을 내린다

그 개나리 맘속에 옮겨 심느라 그리 힘들었나 보다
지나가던 나도 한 줄기 얻어 내 속에 꽂으니
가슴을 쥐어짜는 아쟁 소리가 들린다

* 개나리 가지: 대아쟁 연주 시 활대로 사용함
* 2011년 4월: 용산역 앞 재개발로 헐리기 시작했다

가시연

이웃하자 한 적 없는데
언제 이사 왔었을까
어느새 이리 가세 확장
우리 마을을 점령했는지
놀랍고 놀랍다

눈엣가시 이웃이지만
인사는 해야지 싶어
손 내밀고 싶어도
박히면 못 빼는 독가시 때문에
가시손 마름도
도저히 손이 나가질 않는다

온몸을 방석으로 내미는 환대는
두트레방석보다 크지만
당최 궁둥이 들이밀 자신이 없다

하물며 앉은 자리조차도 고운
내 임께야

2부

마음섶* 들기

봄빛 일렁이는 아지랑이에게
언덕바지에서 수줍게 웃는 꽃다지에게

땀 젖은 솜털 세우는 골바람에게
땡볕 마당 지키다 축 처진 봉숭아에게

참새에게 희롱당하는 허수아비에게
버거운 얼굴 가누다 노래진 해바라기에게

고운때 품어 반질거리는 툇마루에게
엄동설한 햇볕 한줌에 꽃피운 개나리에게

굽은 허리로 호미질하는 농부農婦에게
허물어진 담장 지키는 고향집 참새에게

곱은 손 호호 불며 차 닦는 세차원에게
칼바람 가르며 초를 다투는 배달원에게

온종일 소소함 일구는 신우대밭에게

마음 한 결 줘보세요 환해질 거예요

* 섶: 옷섶. 앞이 완전히 트인 웃옷에서 앞자락의 옷깃 아랫부분.

종로 선비

뼛속까지 시린 기나긴 겨울
포근한 눈 어깨 덮을 땐 좋았지만
염화칼슘 다져진 짜디짠 눈뭉치들
어지럼증 심히 앓는 내게 쌓을 땐
차라리 쓰러지고 싶었다

이번 겨울엔
물 한 모금 된바람 한 결
어느 누구에게도 달라고 할 수도
아니 달라고 말할 생각조차 안 했다
세파에 굴하지 않고 종로를 누비던
옛 선비들의 도포 자락 바람이라도
시원히 스쳐줬으면 좋으련만

종로 2가
숨도 못 쉴 모진 매연과
굶주림에도 어김없이
매화로 나투시더니
송알송알 열매까지

의연한 종로 선비
책벌레 이덕무*다!

땜장이

넌 멋져!
번쩍 첫눈에 반해
그래 바로 이거 기다리던 거야
이 세상이 온통 너뿐이야

간이라도 내줄 듯했다
그런데
별것도 아닌 것
꼬투리 잡기 시작하더니
싫증 내는 일이 잦아졌다
노골적으로 눈 밖에 내는가 싶더니
결국…

사랑땜*에 뚫린 구멍
여간한 손질이나 온기로는 데워지지 않고
겉모습에 목숨 거는 진심 못 보는 쇠구들*
쓰라리고 졸다 삭아버린 가슴 땜질하여
오랫동안 아아주 오랫동안 함께하게 할

땜~ 땜~ 땜~질!
가슴 땜질 합니다!
사랑땜 땜~ 합니다!
땜장이 왔어요!

* 사랑땜: 새로 갖게 된 것에 얼마 동안 사랑을 쏟는 일
* 쇠구들: 고래가 막히어 불을 때도 덥지 아니한 방

불륜不輪의 색

연두, 어서 서둘러
녹색, 너만 몰래 와
끼리끼리 작당
초 록 동 색

보라와 어깨 맞대고
남색 손도 잡아주어
이웃과만 어울리는
근 친 탈 피

늘 지탄받는 어중간이 아닌
자주색 곁에 앉은 회색이 되어
서로가 돋보이는 배경이 되면
살만한 세상 아니겠는가?

* 10색상환에서 색감정상 마주 보는 색은 보색 관계로 강렬한 대비가 되고,
  근처의 색은 비슷한 느낌을 준다.

저작권

뼛속 냉기 견디며 암향 풍기는 매화 곱기에
시나브로 오련히 물들이는 진달래꽃 예쁘기에
뇌쇄적인 미소로 복사꽃이 혼 빼앗으려 하기에

곁에 두고두고 지니고 싶어 카메라 들이댔다
혼 빼어 갔다고 화내며 카메라 뺏긴 적 없고
무료로 초상권 침해했다고 소송당한 적 없다

가던 길 멈추고 그윽한 국화 향기 온몸으로 받았다
스마트폰에 뺏긴 시력 찾으려 일렁이는 대숲 당겼다
텅 빈 들 바라보다 가득함 쟁이고 싶어 들길 걸었다

국화가 향기 뺏어갔다고 구린내 풍기지 않았고
바람 끌어갔다고 대나무가 흔들림 멈추지 않았다
모처럼의 사색 빼앗겼다고 논두렁 투덜대지 않았다

나누면 오히려 더 커진다
제발 네 것 내 것 따지지 말거라
저작권 따지면 이미 죽은 목숨이다

내통[〈-疏通〈-洞簫]

정녕 너희들이
내밀하게 통하지 않았다면
어찌 그리 쑥쑥 용마루 넘는 키를 키우고
평야를 넘어뜨리는 태풍에도 끄떡없으며
온 동네 솔솔 코끝까지 붉히는
술 익는 향기 숨겨
서슬 퍼런 세리 밀주 엄단
피할 수 있었더란 말이냐

겉으론 층층이 담으로 위장하고
시베리아 바람까지 불러들여
십 년 묵은 체증 훅 내밀어 버리고
비장하기까지 한 선율로 슬맺는*
통(筒=洞=通)의 고수 너 쌍골죽*
음흉한 속내 안 들키려고
그리 마디마다 양쪽으로 쏙쏙 내미는
세 치 혀는 내통을 은폐하는
명백한 증거니라

* 슬맺다: 스며 나와 맺히다
* 쌍(골)죽: 마디마다 양쪽으로 잎을 내는 대나무로 洞簫(퉁소) 大筹 재료.

'왜' 살려!

미운 세 살 손자가
말끝마다 왜? 를 입에 달고 산다
튼튼해서 예쁘게 보이는
대문 앞니조차도 덧니로 보인다

아주 당연한 이야기인데도 눈만 뜨면
왜?로 시작해서 왜?로 끝나는 나날
알아들을 수 있는 말 고심하여 골라
친절하게 설명해주는 것도 몇 번이지
보는 것마다 하는 일마다
왜? 왜? 왜?에 지쳐간다

어서 말문이 트이면 좋겠다고 기다렸던
가족들이 기가 질릴 지경이다
외할머니는 대답 잘해 주실 거라며
은근히 내게들 떠밀어댄다

이리 힘들어하는 나는 늘
'왜? 살려' 창의력을 죽이지 말자였는데…

책이 울고 있다

버스
지하철
도서관
학교 교실

모든 갈피 다 펼쳐
시원하게 거풍 시켜
곰팡이 내보낼 때는
도대체 언제쯤일까
그럴 때가 오기는 오는 걸까
백여 년 전에 태어나
푸른 눈 서양인들에게 잡힌
선배들이 부럽다

어느 쪽이냐는 눈짓 물음에
그래도 인류 문화 전달할
품격 운운하며 잘못 생각한
그 순간의 선택이
이리 서러운 나날일 줄이야

이럴 거면 단 한 번 일지라도
꼭 필요한 존재라 인정받는
화장지로 줄을 설걸

버스에서
지하철에서
도서관에서
학교 교실에서

책이 울고 있다

다반사

소싯적 책 열심히 들여다본 일도 없어
수독오거서須讀五車書는 꿈으로만 끝나버렸는데
쉰 줄타기 과시인지 시력이 급격히 떨어졌다
하긴 지금까지 타 본 줄이라야
기껏 네댓 번뿐이지만
이번 줄타기는 만만치 않아 보인다
다리 후들거리는 건 당연하고
졸보기라 종이 아낀다고 2단 편집 일쑤에
비포장 달리는 차 안에서도
문고판을 그리 사랑하던 일이 엊그젠데
이젠 돋보기 아니면 눈뜬장님 청맹과니다
티스푼에 설탕 담아 바로 옆에 둔 찻잔까지도
배송이 만만치 않아서
그리 비하하던
인스턴트 스틱 커피로 대체하고 나서야
아하! 茶飯事!

단풍 억새로

붉고 노랗게 남하하는
가을 전령 단풍
희고 여리게 북상하는
가을 전령 억새
단풍 억새 만나
아름다운 가을 잔치 벌이듯
남북도 하나로 흐벅지게
잔치 벌일 그 날은 언제

순수하게 오라
진심으로 가마
피붙이 그리다
애간장 녹아 강 되는
부모형제 더는
생기지 않도록 만납시다
붉고 노랗게 어울립시다
희고 여리게 일렁입시다

물어봐 주세요

물어보지 마세요
내 꿈이 뭔지

물어보지 말라구요
장래 뭐 하고 싶은지

시키는 대로만 하면 될 건데
제가 알아서 정할 필요가 있나요

입사 면접시험 연습하려니
이제야 궁금하네요

생애 처음 내게 진지하게 물어봤어요
내 꿈이 무언지

그런데 정말 모르겠어요
진짜 내 꿈이 무엇인지

한 며칠 찾았지만 어디에 있는지

어디서 찾아야 할지 도저히 모르겠어요

그냥 다음Daum에 물어봐 주세요
진짜 내 꿈이 무엇인지

바이트

전자파 등에 업혀
스마트폰에 안착하는 바이트

수억의 점들이 떠돌며
손바닥에 내려앉아
엄정한 명령에 따라
제대로 된 모양과
현란한 색과
통통 튀는 소리로
살아난다

빈약하기 그지없는
나의 안뜰 용량임에도
독수리 부리 매니큐어로
안착시켜 주지 못해
정말 미안한 바이트byte

이등병 학원

기가 막힌다
병장 노릇도 아니고
부사관 노릇도 아니고
장교 노릇도 아니고
별 노릇은 더더욱
하늘 같은 별이라니!
맘먹는 것만도 언감생심!

별의별 짓을 다 해대다
스팩 쌓다 지쳐서
자신에게 맞는 일거리를
찾았나 보다 했더니

이젠
이등병 학원가야 한단다
이런 세상이라니…

* 2015.10.28.수. '이등병 학원이 생겼다' 신문에 났단다.

적바림*

귀맛* 글귀 적은 수첩 보며 걷다
소나기가 만든 옹당이에 찰방 빠진 왼발
누구 볼까 후다닥 발 빼며 붉힌 얼굴
하얀 운동화 송홧가루 노르스름 얼룩

어릴 적 친구들과 건진 영산강 통통한 재첩
부추 듬뿍 넣어 끓인 텁텁한 된장국
한 입 와삭 흰 적삼에 그린 달콤한 향
들마루 모깃불 쑥향에 버무린 하모니카 연주*

소나기 긋기 기다린 십 리 하굣길
점점 더 쏟아 퍼붓는 집으로 가는 길
흰 교복에 비추인 브래지어 두 줄 끈

풍년 모가지 버거워 깊게 고개 숙인 벼 이삭
볏논에 반사된 빛 제게만 있다 우기고
이슬 터는 참새보다 더 조잘대는 가을 싸늘함

도서관 나와 통행금지 다 된 귀갓길

배는 고프고 추웠지만 마음은 뭔가 그득
가로등 노란 불빛 훈훈한 겨울 골목 어스름

* 적바림: 나중에 참고하기 위하여 글로 간단히 적어 둠. 또는 그런 기록.
* 귀맛: 말소리나 이야기를 귀로 듣고 느끼는 맛.
* 하모니카 연주: 수박 먹기

형설 없이도

밤새껏 책을 보았습니다
밤 내내 소설을 읽었습니다
온밤 쉼 없이 시를 읊조렸습니다
손가락 얼얼하도록
손목이 저리도록
어깨가 빠지도록

깜깜한 밤이지만 등불 없이도
소복이 내린 눈빛 반사 없이도
개똥벌레 호박꽃등 도움 없이도
밤새도록 손끝과 마음으로
보는 즐거움에 빠졌답니다
낭송의 흥겨움 누렸답니다

밤이 깊어 감을
날이 밝아 옴을
알지 못하고

* 낭송의 즐거움(KBS 1채널) 맹인 소녀의 다독에 감탄!

멍때리기 2학점

하산하는 일만 남은 인생길
마음 다잡고 조심해야지
이제는 정말로 다 버려야지
이렇게 수십 번도 더 다짐하는 것은
아직도 내려놓지 못했음의 증거

이젠 안으로 눈을 돌려
내 안의 이야기
내가 내게 하고 싶은 이야기를
들을 차례인데
아직도 밖에서 찾으려 들고
뭔가를 해야 한다는 강박관념에
바람 든 잎처럼 흔들리고 있다
노후 반석이 되려면
흔들리지 말아야 할 텐데

좋다 이번엔 정말
정말 마지막으로
딱 2학점만 해야겠다
멍때리기 2학점!

다듬이질

옷감 올 사이사이에 밴 소리
그것은 고부간 화합의 숨결
혼기 찬 모녀간 별리別離 다지는 울림
마주 앉아 두드리던 경쾌한 흐름새*에
호롱불도 호흡 맞춰 일렁춤 추었다

아무리 미운 사이여도
두 사람 마음이 맞지 않으면
옷감에 구멍 나기 일쑤였고
마주 앉은 두 사람의 호흡 맞춰지는 순간
거친 미움의 씨실 날실 곱게 다듬어져
그 자리에서 가족 화합이 되기도 했다

오래전부터 지구를 달궈온 사물놀이와 난타
서양인들은 도저히 흉내 낼 수 없는
우리 뇌에 각인된 숨 멎게 하는 엇박 리듬
세상 어느 나라에 이처럼 멋진 리듬으로
옷감을 다듬어 몸짓에 흥을 입히던가

세탁기 진동음에 밀려 사라진 다듬이질 소통
커져가는 세대 간 단절 얼음장 사고 내리쳐
마주 앉게 할 홍두깨 어디 있소
명쾌한 리듬 다시 가슴에 들여
귀맛*보고 싶으오

* 흐름새: 리듬
* 귀맛: 귀로 듣고 느껴 기분 돋아주는 듣기 좋은 소리
* 한국을 상징하는 20성(三喜聲: 아기울음, 책 읽는, 다듬이질 소리)

책쾌*

동해 푸른 바다 몰려다니던 운 좋은 명태
덕장 눈 맞고 동해 바람 맞아 황태 반열 올라
가난한 시인 쐬주상에 널브러져
불쾌해진 볼 식혀주니
북어 스무 마리 엽전 열 냥 그까짓 거 보다
겨우 내내 멋진 시 건질 쾌快다

백여 년 전 강화도에 쳐들어온 프랑스군이
다 쓰러져가는 오막살이 집집마다 책이 있고
어린아이가 비록 차림은 꾀죄죄하지만
책을 끼고 걸어가는 모습을 보고는
'꼬리Coree' 작지만 대단한 나라라고 놀랐다는데
아마 문화적 우월감에 빠져 있다가 내심 충격?

"여보슈 책쾌 양반!
글자 속에 따뜻한 마음씨도 듬뿍 넣어 만들었으니
이북e-book 든 휴대폰도 지구촌 구석구석 많이 파셨
지라?"

귀맛 좋은 삼성 엘지 전자 신입 사원 모집 광고에
기쁜 나머지 나도 몰래 올린 쾌재快哉

* 책쾌: 서점이 없던 시절 책을 팔러 다니던 봇짐장수
* 언어들은 풍월에 의하면 정의란?
  그것이 갖고 있는 본 기본적인 성정을 최고 공익적으로 사용하는 일.
  고로 명태는 시인의 쐬주 안주일 때에 가장 정의로운 것이 된다나?

사탕과 스마트폰

사탕 먹은 후
치아 관리 방법도
칫솔질 필요성도
가르쳐 주지 않고
첨가물 범벅인 사탕 한 가마니
덥석 안겨 주었다
달콤한 유혹에 안 넘어갈 자 누구?

스마트폰 최고급 사양을
사용 예절도 활용법도
제대로 안 가르쳐주고
덥석 안겨 주었다
어린아이 욕 먼저 배우듯
온갖 신나는 것들에 몰입하니
그제야
게임 말라 야동 보지 말라
공부 집중해라 그만해라
간섭 말라 싸우지 않을 부자 누구?

양치질도 모르는 아이에게
사탕 한 가마니 안겨 주는 것과
다를 바 없는
최신 스마트폰 대령
안 할 자신이 없다

3부

'탈' 로마

'비탈'–로물루스는 팔라티누스,
　　　　레무스는 아벤티누스 언덕 위에 세운 나라
'약탈'–건국 초기 축제를 열어 남자들을 취하게 한 후,
　　　　사비나 여인들을 뺏어왔다
'강탈'–모든 길은 로마로 통하게(?) 만들어 놓고,
　　　　세계 각지에서 뺏어온 유물들
'겁탈'–팍스 로마나 시절 세계를 누비며,
　　　　세계화의 기치 하에 현지 여인들을…
'수탈'–배고픈 민중과 가엾은 노예들의 노동력 동원으로,
　　　　수많은 구조물 구축
'일탈'–일상에서 벗어나고 싶은,
　　　　나도 끼어 있으니 그런 셈이고
'허탈'–득실거리는 소매치기에게,
　　　　지갑을 통째로 털린 사람이…
'뒤탈'–더위에 지친 어린 관광객,
　　　　찬물 많이 먹고…
'탈'–그늘도 앉을 자리도 없이 바글거리는 사람들과,
　　　　광장에서 나가고 싶어

머라삐Merapi 화산*

그동안 당한 설움
더는 참지 않고
화병으로 굳어지기 전에
한 번씩 쏟아내는
네가 참 장하다

콧김이라도 힝 내지를라치면
큰일이라도 난 것처럼
호들갑에 고뿔이라고
하얀 가운에 끌려가는
불쌍한 내 주인

이렇게 분출하고 나면
오히려 더 많은 생명들을
품어줄 수 있음을 모르는
안쓰러운 인간들
이제야 널 얼마나 부러워하는지

* 머라삐 화산: 인도네시아 자바 섬에 있는 2,930m 활화산으로 항상 흰
  연기를 내뿜고 있다. 2010년에도 분출 많은 인명 피해를 냄. 거의 5년
  간격으로 폭발한다고 한다.

마사이 꼬마

네 눈이
왜 그렇게 맑은지
왜 그렇게 빛나는지
왜 그렇게 커다란지
샛별보다 더 말이다

아무것도
욕심부리지 않고
순수함 하나로만
살아가고 있기 때문이란 걸
별들의 영혼이 네 속에
깃들어있기 때문이란 걸

네 검은 피부는
주변의 모든 것들을 받아들이는
아름다운 검정이고
주변 모든 것들의 배경이 되어주는
아름다운 검정임을 네게서 찾았다
주변 것들보다 잘났다고

으스대지 않는 겸손함을

그래서
네 눈이
그렇게 맑고
그렇게 빛나며
그렇게 커다랗다는 것을

이곳
응고롱고로에 와서야 알았다

푸비앙파* '소통통'*

똥통
차마 코는 안 쥐어도 미간은 이미 川
냄새
내 입으로 들어가 나를 살렸던 것들이
내 가죽 속에 갇혀 있다가 出所
비로소 대기와 소통 환호하는 증거

으리번쩍 타일과 유리로
사방을 꽉 막아놓고
내게서 나온 것들에게
자연과 교류 귀의 말라고 하면
과연 내 것은 태어나 자랐던 곳
자연으로 되돌아갈 수 있을 것인가
소통 막으려니 온갖 비용이 들고
오히려 불편하고 더욱 더러워진다

우리 옛적에 엉성한 듯 터주었듯이
여기서도 한 쪽은 터서 드나들게 하니
하나도 추하지도 않고

자연 되살리는 수고 없음은 물론
즐겁고 상쾌하고도 아름답다
'일' 보려 화장실 가면
푸비앙파 그 '소통통'이 생각난다

* 푸비앙파: 라오스 위양짠과 古都 루앙파방 도중의 지명(휴게소가 있다)
* '소통통': 화장실(한쪽 벽이 없어 카르스트 아름다운 경치가 훤히 보인다)

두물머리 3

멀리 날아가고 싶은 하얀 파꽃
  간절한 기도로 너울 벗었고
물비늘*조차 잠자는 곳에
  靑紫색 하늘 두 발 깊이 드리웠다
달님 닮은 노란 가로등의 윤슬*도
  환한 얼굴 웃으며 담그는데
앞섶 헤집는 쥐똥나무 향기만이
  꿀벌과 함께 물비늘 일으킨다
청개구리 힘찬 뒷다리
  낮게 누운 산 그림자 일으켜 세우는데
그냥 한데 어우러지고 싶어도
  일어서지 못하는 내 맘 모르는 척
고요히 이내 숨죽이며
  북한강 남한강 모두를 아우를 뿐

침묵까지!

* 물비늘: 잔잔한 물결이 햇살 따위에 비치는 모양을 이르는 말.
* 윤슬: 햇빛이나 달빛에 비치어 반짝이는 잔물결.

낙타 부처

쌍봉까지 녹이는 지열
반짝이는 별을 벗 삼아
딸랑딸랑 걷는 방울 소리
껌벅껌벅 걷는 기다란 눈썹

허기진 배와 타는 갈증을
가시 한 줌으로 달래고
혀끝에서 뚝뚝 떨어지는
핏방울로 발등 적시며

한 줄로 나란히 서서
휘적휘적 발길 떼는
사막의 구도자
너는 부처

실미도 헤드폰

모래밭에 모로 누운 모습 맹랑하다
겨우 조가비 들일 정도밖에 안 되면서
뭐가 그리 양양한지

하긴 한때는
운명처럼 누군가의 귀청을 두드렸고
가슴 먹먹한 사랑 이야기를 들려주었을 수도
어쩌면 얼마 전까지만 해도
돌바기에게 아기 코끼리 걸음마 들려주며
가족들의 웃음꽃을 피우게 했을 수도

하지만 모래밭에 나뒹구는 지금은
그런 아름다웠던 추억들은
코끼리 귓바퀴로 들으려 해도
모두 추억 속으로 사라져버렸고
지옥 훈련받던 실미도 대원들의
죽음의 비명과 절규 소리만 그득
귀청 떨어지는 소리에 깜짝 놀라
떨어드리듯 제자리에 놓아두었다

훗날 누군가에게도
실미도의 이 아픔을 들려주리라
한데 지금도
그 헤드폰이 눈앞에 어른거리는 것은 왜일까

* 바닷물에 떠밀려온 헤드폰 하나가 실미도 사장에 뒹굴고 있었다.

부겐빌리아 너도

너도
다른 곳에서 태어났더라면
몸피보다도 두꺼운 먼지
온몸에 덕지덕지 이지 않고
사랑받은 만큼 당당하게
고운 색과 윤기로 휘감을 텐데
어쩌다가 이런 곳에 태어났느냐

수천 년 동안 화석화된 인습에
숨 막혀 죽어가는 네 모습 짠해
차마 바로 눈 맞추지 못하니
퇴색한 빛마저 죽어버리는구나

깡마른 몸매 퀭한 눈
갈퀴 같은 한 손은 허리에 얹은 아기를
남은 한 손은 머리에 인 땔나무를 붙잡고
맨발에 잰걸음 뛰다시피 하는데
삿대질하며 소리 지르는 남편(?)
기세에 움찔 비칠거리는 나도

비포장 도롯가에 자리 잡아
흙먼지로 숨조차 크게 못 쉬는
부겐빌리아 너도…

* 물론 고급스런 레스토랑. 함박웃음으로 자가용 내리는 몸매 통통한
  여인네도 있었지만, 극소수였음을 여행 내내… 밥 한 톨도 남기지
  말아야지 다짐하게 했던 인도 여행.

나월蘿月* 디미방知味房*

그곳에 가면
우쭐거리지 않고 어깨동무하는 나무들 품은
바라산 정기로 뭇 생명 거두는 아름다운 뜨락
주변에서 자라는 온갖 생명들의 향기
심지어는 지나가던 새들 노래까지
커다란 통유리 창을 통해 모셔 들여다
잘 버무린 주인의 손맛

커다란 그릇에 안다미로 담아낸 것은
풍성하고 훌륭한 맛의 음식 아닌
손님 반기고 섬기는 주인의 마음
그 덕분에
벗들과 우아하고 품위 있고 즐겁게
자연을 내 속에 들이니
어찌 모가 나겠는가

사람 살리는 음식 맛 역시 둥글기에
세상사 사람 사랑 모두가 덩달아
저절로 둥글어진다

보름달 둥두렷 산자락에 걸터앉은 날의
충만함이란

* 나월蘿月: 담쟁이덩굴 사이로 바라보이는 달
* 지미방(知味房: 디미방): 원래 임금님이 수라 드셨던 방
* 담쟁이덩굴 창연蒼然한 고기리 이채은 댁에서

다른 시간들

뉴욕 홍콩 서울 초고층 빌딩 밀집한 곳
막힘없는 지하로 초를 다투어 달려가는 시간
빠묵깔레 네그로 폴리스와 북아프리카 로마 유적지
대리석 조각 덕지덕지 이끼로 버려져 나뒹구는 시간
아프리카 사막 히말라야 만년설 안데스 나즈까
나만이 유일한 생명체 같은 황량한 주검의 시간
아직 남아있는 아마존 밀림 캄차카 반도의 자연
그래도 지구가 마지막 기댈만한 원시의 시간

이 세상 각기 다르게 흐르는 시간 모두
나를 받아주었다 하지만 난
어느 곳에서도 내 시간을 갖지 못했다
스쳐 지나왔기에 아쉬움과 후회로 남은 시간뿐

일상으로 돌아와
최저 속도만 밑줄, 강요로 달리게 하는 고속도로
거대 도시의 삶 속에서 잠시 벗어나
제한 속도 금지 표지가 뭔지도 모르고
그런 것이 아예 존재조차도 않는 숲 속 길

나무들 뱉어내는 각각의 향기 맡으며 걷는 듯함

요 며칠 내게 주어진 시간들은
돌멩이 걷어차듯 아무런 방향도 없이
툭툭 내던져도 아무렇지도 않을 듯하다
오른쪽 왼쪽 엘턴 유턴 양보 감속 뭐든지 가능할 듯한
이 시간에 감사하다 아니 행복하다

정적

TV 소리도
쿨러 소리도
휴대전화 소리도
기계적인 잡음은 하나도 없다
그저
바람이 흔들고 간 대나무
상록수 잎에서 미끄러지는 햇살
푸른 안다만 물비늘만이 곱게 일렁이며
아는 체할 뿐
이런 상쾌한 바람과 나뭇가지에
어찌 왜곡되고 가늠하기조차 어려운
도회의 시간들을 걸쳐 놓을 수 있단 말인가
이지러진 살바돌 달리의 시간이 아닌
곱고 둥근 아름다운 시간이다

* 태국 푸켓에서 안다만을 바라보며

발 냄새

발부리 가르고 퍼지는
먼 세상의 바람결
호기심 코끝 간질이며
훅 안겨오는 낯선 냄새

발등 두툼한 것은
먼 길 돌아다녀 온 열정
뒤꿈치 굳은살 더해준 것은
그곳 사람들 살아가는 냄새
아!
발가락 사이사이 스며있는
다른 먼지와 땀 냄새

방안퉁수* 처지인 나는
궁금함 견디지 못하고
그 사람 신에 살며시 발 넣어본다
이역 휘저은 이의 호기로운 열정과
온 세상 냄새가 내게도 스며들기를

* 방안퉁수: 숫기가 없어서 많은 사람들 앞에서는 못하고 집안에서만
  큰소리치는 짓을 이르는 말.

마음 GPS

은하계 중심으로부터 2.9만 광년 떨어져 존재하는
태양계
우리 태양계가 우주에서는 변방이구나
은하계 중심이 아니어서 다행이란다
그래도 그 광대무변하다는 우주란 것이
얼마나 큰지 어떤 모양인지
도대체 광대무변이란 말은 무엇을 말할까?
궁금한 것이 안 풀린다
태양계는 우주의 어디쯤일지
동서남북 중 태양계 어디쯤에서 살아가고 있는지
아무리 상상 주머니를 뒤져도 모르겠다
도대체 어떤 모양일지
GPS에게 물어봐야겠다
우주 태양계 지구별의 미래가 어디쯤 있는지
우리는 지금 어디로 가고 있는지
어디든 편하게 데려다주는 GPS
처음 가는 길도 척척 알려주는 GPS
GPS 때문에 길치가 되어가고 있지만
온 국민이 길치가 되어가건 말건

사실 난 궁금한 게 딱 한 가지 있다
어디에 물어도 답이 없는
나도 모르는 내 마음
내 마음이 가야 할 길
요 내 마음이 어디로 어떻게 가야 할지
GPS에게 물어보고 싶다

마음 GPS는 어디에?

나 홀로 여행

싫다는 말 못하고 좋은 척했던
고상한 척 나에게 위선적이었던
하고 싶은 일도 체면 따졌던
내가 나를 버리고 떠나는
나 홀로 여행

모든 것 떨어내고 하고 싶은 일하고자
세월에 찌들어 바랜 빛 마전*하여
내 안에 투명한 녹색 그늘 드리울
내가 나를 데리고 떠나는
나 홀로 여행

* 마전: 피륙을 삶거나 빨아서 바래는 일. 표백

4부

오월

발그레한 꽃망울
부푼 볼 터진 지 엊그제

꽃그늘에 누워
꽃비 맞고 몽롱이 취했지

건듯 들른 산들바람도
벌써 초록 향기라지

감꽃 3

오월 신록을
견디지 못해 팝콘처럼
튀어나간 너

댕댕이덩굴 바구니에 담겨
배고픈 아기 머슴
목메게 했던 너

인초 줄기에 끼워져
아기씨 댕기 머리 위에
올려지던 너

신우대밭
뱀머리 버섯 주위에
새초롬이 앉아있던 너

지상으로 떨어져야만
파란 가을 하늘에
붉게 태어나는 너

열매

은초롱 불 밝히던 참깨
더는 못 참겠어요. 차르르르······

간신히 형제로 남았음:
뜨거운 모래밭 속 땅콩

가을걷이 낫질 소리에 가녀린 코스모스
"저 여기 있어요!"

텃밭 울타리에서 외톨이로 고집부리던 검은 콩.
단호하게. "저도 데려가 주세요."

막내 오이야, 허리 좀 펴지 못하겠니?
늦게 태어난 것을 모르고 하신 말씀이세요?

세상 내내 줄콩에게 시달렸던 해바라기 큰 소리로
"이제 그만 내려 갓!"

뜨거운 햇살로 빨갛게 익은 고추,
너무 뜨거워 뒤틀렸다우,

ㅇ ㅇ ㅇ
내 자리로 보내 줘
가 나 코

낙화 석류잠*

저리
곱게 단장하려
그렇게 늦잠 잤을까

투명한
보석 다듬을
꿈 무참히 깨졌지만

주홍빛은
떨어져서도
눈부시게 찬란하구나

* 석류는 매실 딸 무렵 유월에서야 꽃을 피운다
* 석류잠石榴簪 : 비녀 머리 부분을 석류 모양으로 조각한 비녀.

화살나무 봄을 쏘다

요기저기서 움찔꿈틀 난리다
기세 누그러진 된바람
살품 헤집을 새라
꼭꼭 여미고 나서다
딱 마주쳤다

작년 깃 여전히 달고
휘이잉 스쳐 보낸 가지마다
어느새 울그락불그락
아기단풍 연두색 올렸고
노란겹꽃 죽단화도 이미 발그레
목련도 통통해진 아린 벙글거린다

화살나무 붉어진 활시위에
봄을 쟁여 힘껏 당겼다

* 2월 화살나무 줄기 유독 붉다

무료 입주 광고

최고급 인테리어
층간 소음 99% 차단
이웃집 시선도 완전 차단
냉난방 천연 강력 솔라 보장
자녀 독립 시까지 양육 식비 지원

목 좋은 효창 공원에 광고했지만
누구 하나 묻거나
오다가다 들르는 이도 없다
무료 입주 누구 없으신지?

교정 화단
생긴 것보단 맘 큰 소나무가 들인
새둥지에 알 세 개
두어 주 지켜보던 어느 날 증발
분명 알 깰 시기가 아니었다

그 뒤로 찌그러지는 빈집 안쓰러워
나무 근처에 먹이도 슬쩍 놔주고

잡인 출입 금지 팻말까지도
그런데 일 년 다 되도록 빈집이다
광고가 잘못되었나

나비물*

수레국화도 조는 따가운 오후
잠자리도 바자울에 주저앉았다
곱게 비질 되어 다져진 마당
개미 나들이에도 자국 생기고
기지개 소리에 봉숭아 씨앗 터지는
심한 조갈의 초가을 한낮
정적과 늦더위 쫓기 위해
나비물 한 바가지 치고 나면
호랑나비 한 마리 날아와
배를 불룩이며 목 축인다

고마워요 새악시
살 것 같네요

* 나비물: 옆으로 쫙 퍼지게 끼얹는 물.

110

꽃에게 3

미안해
이름을 몰라서

이렇게
가까이 손잡고
만나게 될 줄
몰랐었거든
눈길 보내는 곳마다
이렇게
고운 미소로
다가올 줄은
몰랐었거든

정말 미안해

네 이놈!

청솔모 네 이놈!
가을의 그 달콤함을
그 새 잊었느냐?
엄동의 그 추위를
어찌 맞으려고
겨울의 그 배고픔을
어찌 이기려고
이렇게 가지째 잘라대느냐
아무리 목마르다고
줄기까지 잘라대면
도토리가 남아나겠느냐?

무슨 말씀을요
주린 배 움켜쥐며
학수고대 기다린 가을
돌팔매질에 멍든 몸
익기도 전에 깡그리 떨어가
늦가을부터 쫄쫄 굶었기에
가을까지 기다려본들

돌아온 건 여위고 퀭한 눈뿐
우선 붙어버린 창자 떼는 거죠
도토리 훔쳐가는 인간
네 이놈!

* 8월 산길에 참나무 가지가 무수히 떨어져 있다. 채 익지도 않은 도토리가
  송알송알 달려있다.

꽃방석 꽃술

4층 사무실에서 내려다본 화단
쉔부른 궁전 화단보다 더한
기하학적 대칭 무늬 화단과
화단 사잇길에 벚꽃비가 좍 내렸어요
떨어져서도 이리 고운데
감히 맨발로라도…

더도 덜도 말고
보자기만큼만 오려 접으면
꽃향기가 솔솔 배어나와
앉고 싶어질 꽃방석
당신께 보내 드립니다

　　네에
　　참 고맙습니다 그 꽃방석…
　　한 댓새
　　앉아 일하다가 뭉개지면
　　꽃술이나 담아보지요!

그 친구 담근 술 향기 언제 날아올까?

염천 동사炎天 凍死

지글거리는 꽃불
불잉걸 그러모으고
불티 하나까지 다독여
활활 태워버린다
꽃 그림자마저!

자미탄* 엉그름*에도
콧김 하나 남지 않아
결국, 결국에는
염천에 동사하고 말
식영정* 배롱나무 너!

* 자미탄紫薇灘: 식영정 앞 광주호로 흐르는 냇가에 배롱나무가 줄지어…
* 엉그름: 진흙 바닥이 말라 터져서 넓게 벌어진 틈.
* 식영정息影亭: 담양군 성산 자락 소쇄원 부근 16세기에 지은 정자. 주인인
  임억령 스승의 자취보다 제자 송강의 터로 더 유명해졌다.

아름답다

용문사 댁은 워낙 고졸古拙해서
감히 가까이 갈 엄두가…
세종대로 구품계로 읍소泣訴하며
늦가을 건들바람에 노란 지폐 살짝
살품에 끼워주시던 그분이 역시 최고

아무리 세상이 달라져도
양팔에 가득하게 들어와야
품는 맛이 있어 아름다운 거지 원
그렇게 중국 젓가락처럼 밋밋해서야

아름다우려 다이어트 한다면서도
늦은 밤 퇴근길 들고 오는 상자
현관문 채 열리기도 전에 들이닥쳐
잠자려고 애쓰는 거실을 장악한
피자 냄새 귀신같이 알아채 버린
공기정화기도 윙윙 신나게 떠든다

그래 한 아름은 되어야지

한쪽 팔로 뭐가 되기나 하겠어
먹어야 아름된다니 많이많이
실컷 먹어라 먹어
먹고 죽은 귀신은 태깔도…
암튼 먹어야 아름답단다

혀가 원하든 몸이 원하든
무엇이 원하든 따지지 말고
실컷 먹어라
먹어야 아름된다!
먹어야 아름답다!

풋감

툭 투툭
떨어져 구른다
바자울 맨드라미 그늘에
붉은 고추 말리는 멍석에
목줄 풀어 해방된 강아지가
이리저리 놀리던 도사리 풋감
댓돌 아래 나뒹구는
새하얀 고무신 속에 던져 득점을 한다

하룹강아지 네가 감히!
내 속에는
억만 광년이 들어 있다는 사실
알기나 해?

가을 청소부

내 눈물로 간을 맞춘
멀건 죽 한 사발 들이켜 허기를 때우고
휘다 못해 다 누워버려
팔꿈치 높이 치켜야 쓸리는 플라스틱 비

신새벽에 일어나
온 잎 다 떨궈버린 가로수 밑을 쓸어낸다
짠한 마음으로 내려다보며
희게 웃는 하현달만은
빈 나뭇가지에 그냥 앉혀둔다
가로등 이미 꺼졌지만
빨갛고 샛노란 단풍들이 온통 깔려
길바닥이 동트는 하늘보다 환하다
소복이 모은 은행잎이 금괴처럼 반짝이며
허기지고 추워 떨리는 뼛속까지 꽉 채워준다
이토록 노란 황금 잎을 주워다 먹이면
손주 녀석이 황금색 똥을 쌌으면 좋겠다

누가 그랬을까

햇살 따가운 가을마당에 널어둔
햇미영 한줌이 몰래 도망쳐
하늘로 마구 내달리다가

오작교 건너지 못하는
견우직녀처럼 발 구르며
눈물 똑똑 떨구고 난 뒤

인수봉이 와락 안기는
저 파아란 하늘 한 자락
누가 치켜 올렸을까

높디높은 하늘 한복판에
보름달처럼 산뜻한 홍예를
어떤 대목장이 건너질렀을까

* 중천에 반달 무지개가 거꾸로 떴는데, 짝 무지개는 도저히 찾지를 못했다.
  호옥시 차창에 비친 저것이…

120

당신 말이어요

제게서 당신께로
당신에게서 제게로

어라? 다시
내게서 내게로
　전 이미 당신이니까
당신에게서 당신께로
　당신도 벌써 저니까

비 온 후 세상모르고
인도로 나온 지렁이 당신 말이어요
아침마다 목욕하다 들키는
부지런한 참새 당신 말이라구요
질긴 은실에 옥구슬 꿰어
유혹하는 각시거미 당신 말이라구요
양귀비 고운 속옷자락 분탕질하는
등애 당신 아니고 누구겠어요?

* 매일 아침 출근하자마자 교재원에서 만나는 곤충들. 해롭다 여겨지면
　마구 죽였는데 같은 생명체로 그저 사랑스러워 보이니…

시를 위한 시에 의한

박　산(시인)

so long as men can breath, or eyes can see,
(인간이 숨 쉬고 눈으로 볼 수 있는 한)
so long lives this, and this gives life to thee.
(내 시가 살아있는 한 시는 그대에게 생명을 주리)
— William Shakespeare(1564~1616),
「Shall I Compare Thee」 부분

　대문호 셰익스피어 역시 자신의 시가 누군가에 읽히는 동안에는 시들지 않고 뜨거운 여름에 비추는 태양처럼 생명을 주기를 원했다. 셰익스피어 뿐 아니라 시나 수필 포함 글을 쓰는 사람들 모두는 누군가와 자신의 사고를 공유하길 바란다.
　'공유하길 바란다'라는 자체는 어찌 보면 내가 이리 생각하니 당신도 좀 이리 생각해 달라는 간청이며 또한 교육적 의미도 포함된다. 위 인용한 시구에는 셰익스피어가 시를 통해 독자들에 대한 무언의 교육적 간청이 내포되어 있다. 아마도 그는 이 시뿐 아니라 그가 쓰는 비극적인 희극을 포함한 모든 자신의 글들이 누군가에 진리적 삶의 흔적으로 교육되기를 바라는 마음으로 읽혀진다.

양숙 시인의 세 번째 시집 『염천동사』를 읽으면서 그가 40년간 몸담고 있는 교육현장에서의 하고 싶은 말들을 시를 통한 교육의 연장선상이 되기를 바라는 의지가 읽혀진다. 마치 셰익스피어가 원했던 것처럼.
잘 차려진 밥상처럼 반듯한 교육을 시로 표현하고자 그 울림을 크게 드러내지 않은 것은 한결같은 시인의 성품과 일치한다. 십여 년을 인사동 '진흙모(이생진 시인을 흠모하는 모임)'를 함께 해오고 있는 동인으로서 조금은 선입견을 가지고 몇 편의 시를 감상해 본다.

이른 봄
고로쇠나무 물오르듯
시 나무에
욱욱 물이 오른다

(중략)

달콤함 도르리하게
거름 한 줌 북돋아 주는

          날 무딘 호미이고 싶다

                               ─「날 무딘 호미」부분

  시인은 '도르리'란 우리말을 여러 사람이 썼으면 하
는 은연중의 바람을 시에 내포하고 있다.
  도르리는 누군가와 나누는 일이다. 혼자 차지하려
고 애쓰는 행위가 아니라 자신이 지닌 것이 비록 날
무딘 호미일지라도 땅을 파서 일구고 그 열매를 함께
나누고 싶어 하는 시인의 소박하고 따뜻한 봄날 같은
시심이 읽혀져 마음까지 훈훈함이 느껴진다.

      너와 나
      제비 되어
        흥보네 처마 밑을 찾을까나

      너와 나
      종다리 되어
        푸르른 보리밭을 노닐까나

      너와 나
      딱따구리 되어
        참나무 구멍을 뚫을까나
                               ─「너와 나 3」전문

124

벼슬에서 물러나 낙향한 조선시대 선비의 망중한을 지은 시조를 읽는 듯하다. 하지만 반복해서 읽다 보면 동요 가사를 읽는 듯 음률이 느껴져 오선지에 음표를 그리고 싶은 마음이 생긴다. 왜 제목이 '너와 나' 일까 라는 의문이 생긴다. 제비 다리 고쳐주어 벼락부자를 만든 건 흥부이지만 다리가 부러진 건 결국 제비의 희생인데 왜 시인은 제비가 되어 흥부네 처마 밑을 찾았을까, 왜 종다리 되어 보리밭을 노닐고 싶었을까, 딱따구리 되어 왜 참나무 구멍을 뚫었을까, 제비 다리의 희생처럼 종다리는 나무보다는 밭이나 풀숲에 둥지를 틀어 잡초의 종자나 농사에 해로운 곤충류를 잡아 농사에 봉사하고 딱따구리는 참나무의 벌레를 잡아먹어 나무의 성장을 돕는다. 결국 '너'라는 개인적 의미는 공익의 善의 대상이며 누군가를 위한 사회적 책임을 함께 지고 나가야 하는 상대를 의미한다. 시인의 삶이 지향하는 교육적 가치가 느껴지는 시이다.

순두부찌개 나온 흐린 날
아침부터 큰일 본 녀석 때문에 냄새 덜 가셔
안 그래도 장맛비 저기압에
찌뿌둥한 교실 벗어나고 싶은 맘뿐
간신히 참고 밥 한술 뜨려는데 와장창~
얼른 휴지 들고 뛰어가 정리하고
일어서려는 순간 툭!

에고 왜 이러나…
다시 휴지 뭉치째 들고 달려가
엎질러진 국물 닦아내고 일어서
자리에 앉으려는데 쨍그렁~

오늘 날궂이 하나?
이미 식어버린 국물 간신히 한술 넘기니
식어버린 순두부가 밥줄 내려가면서
뱃속에게 토렴하려 울근불근

그러는 순간 '드드드' 진동
잔뜩 들뜬 목소리 친구가 "밥은?"
"여차저차 찬밥 넘긴다"
"핫 핫 핫!"
고맙다
그 친구 웃음 덕분에
국물이 좀 데워졌다
hot hot hot!

－「핫핫핫 덕분」 전문

  교육현장에서 벌어지는 일이 정말 '핫'하다. 아침부
터 교실에서 똥을 싼 아이 때문에 냄새가 나는 데 날
씨마저 저기압이다. 이 냄새를 이기고 밥 한술 뜨려는
데 엎질러진 국그릇. 이 와중에 친구에게서 온 전화

통화를 소화제 삼아 밥을 삼킨다. 이 시 한 편을 읽음
으로써 전국의 교실에서 매일 벌어지고 있는 핫한(?)
이야기들이 머릿속에 꼬리를 틀어 이런저런 동시적
상상을 만들어 주는 시다.

몸소 실천하시고
느을 당부하시기에
가슴에 와 닿습니다

'슬퍼하지 말고'
'미워하지 말고'
'감사하며 살아라'

미워하지 않는 일은
연습이 좀 됐습니다
건강히 일하며 살아가니
정말로 감사합니다

그런데
제주 4.3사건 다랑쉬굴
－이재수 아홉 살
광주 5.18 민주 항쟁
－전재수 열 살

왜 그 어린것들에게
차마, 설마, 도저히
인간으로서 할 수 없는…

슬퍼하지 말아야지
다짐에 다짐을 해도
자꾸 눈물이 납니다
제가 인간이란 사실에
참으로 슬퍼집니다

－「詩宅 어르신께」 전문

시인은 매월 마지막 금요일 인사동 시낭송 모꼬지 진흙모 낭송자들에게 원고를 받아 교정 교열을 직접 완성해서 '詩 묶음'을 만들어 온 지 여섯 해를 넘었고 진흙모 자체 무크지 편집인으로 솔선수범하고 있다. 왜 돈 나오는 일도 아니고 아무도 알아주지 않는 이런 일을 십여 년째 하고 있을까? 그 의문이 이 시에 잘 표현되어 있다. 시인은 시 이전에 인간 이생진을 진심으로 흠모하는 심성을 드러낸다. 이생진 시인의, 시인으로서의 김삿갓 이래의 방랑시인으로서의 위대함은 이 평에서 생략하기로 하자. 양숙 시인의 그냥 가족인 시아버지와 같은 어르신으로서, 살아 있는 성자로서, 슬픔을 고독으로 승화시키는 대시인의 제자로서 무한한 존경과 그를 무한정 따르려는 시심과 함께 그의 이

생진 시인에 대한 효심이 읽는 이의 가슴을 후벼 파게
한다.

　　정녕 너희들이
　　내밀하게 통하지 않았다면
　　어찌 그리 쑥쑥 용마루 넘는 키를 키우고
　　평야를 넘어뜨리는 태풍에도 끄떡없으며
　　온 동네 솔솔 코끝까지 붉히는
　　술 익는 향기 숨겨
　　서슬 퍼런 세리 밀주 엄단
　　피할 수 있었더란 말이냐

　　(중략)

　　비장하기까지 한 선율로 슬맺는
　　통(筒=洞=通)의 고수 너 쌍골죽
　　음흉한 속내 안 들키려고
　　그리 마디마다 양쪽으로 쏙쏙 내미는
　　세 치 혀는 내통을 은폐하는
　　명백한 증거니라
　　　　　　　　　－「내통[〈-疏通〈-洞簫]」부분

　용마루 키를 훌쩍 뛰어올라 태풍이 아무리 세게 불
어도 쓰러지지 않고 버티고 한 시절 밀주를 단속하던

그때, 그 항아리들을 꽁꽁 싸매 술 향기를 꼭꼭 숨기고 담장을 둘러 꽁꽁 막은 것으로 보여도 시베리아 바람을 불러 슬 맺은 통筒을 이루어 내는 쌍골죽, 지금의 불소통不疏通 사회에 대한 작은 항의로 읽힌다.

> 물어보지 마세요
> 내 꿈이 뭔지
>
> (중략)
>
> 그런데 정말 모르겠어요
> 진짜 내 꿈이 무엇인지
>
> (중략)
>
> 그냥 다음Daum에 물어봐 주세요
> 진짜 내 꿈이 무엇인지
>
> ―「물어봐 주세요」 부분

이세돌이 인공지능에 패한 현실에서 꿈을 키워주고 인성을 가르치고 있는 시인에게서, 인터넷과 인공지능이 불러오는 비인성적이고 비이성적으로 인간 본연의 순수하고 절실했던 꿈조차가 여기에 기대섬의 안타까움이 묻어난다. 다음Daum에 꿈을 묻는다는 표현이 함께 슬픈 현실이다.

> 뉴욕 홍콩 서울 초고층 빌딩 밀집한 곳
> 막힘없는 지하로 초를 다투어 달려가는 시간
> 빠묵깔레 네그로 폴리스와 북아프리카 로마 유적지
> 대리석 조각 덕지덕지 이끼로 버려져 나뒹구는 시간
> 아프리카 사막 히말라야 만년설 안데스 나즈까
> 나만이 유일한 생명체 같은 황량한 주검의 시간
> 아직 남아있는 아마존 밀림 캄차카 반도의 자연
> 그래도 지구가 마지막 기댈만한 원시의 시간
>
> (중략)
>
> 요 며칠 내게 주어진 시간들은
> 돌멩이 걷어차듯 아무런 방향도 없이
> 툭툭 내던져도 아무렇지도 않을 듯하다
> 오른쪽 왼쪽 엘턴 유턴 양보 감속 뭐든지 가능할 듯한
> 이 시간에 감사하다 아니 행복하다
>   — 「다른 시간들」 부분

　지구는 둥글다. 지구가 회전하며 태양이 비추는 땅
이 각각 다 다르니 지구의 여기저기 역시 시간이 각각
다르다. 보통 사람들은 여행에서 느끼는 육체적 시차
의 어려움을 말한다. 하지만 시인은 현지 시간의 흐름

의 다른 시간을 표현하고 느끼며 오래 함께하지 못하는 아쉬움을 표현한다. 가령 뉴욕—서울의 13시간 객관적 시차보다는 뉴욕의 지하철과 서울 지하철의 느낌이 다른 시간들 아마존 밀림과 인제 자작나무 숲의 시간들처럼. 양숙 시인은 주위 동료들이 아는 바와 같이 삼십 년 넘도록 방학이면 어김없이 해외여행을 떠나는 여행가다. 이 시는 그 여행의 일부라는 느낌으로 읽혀진다.

귀맛 글귀 적은 수첩 보며 걷다
소나기가 만든 웅덩이에 찰방 빠진 왼발
누구 볼까 후다닥 발 빼며 붉힌 얼굴
하얀 운동화 송홧가루 노르스름 얼룩

어릴 적 친구들과 건진 영산강 통통한 재첩
부추 듬뿍 넣어 끓인 텁텁한 된장국
한 입 와삭 흰 적삼에 그린 달콤한 향
들마루 모깃불 쑥향에 버무린 하모니카 연주

소나기 긋기 기다린 십 리 하굣길
점점 더 쏟아 퍼붓는 집으로 가는 길
흰 교복에 비추인 브래지어 두 줄 끈

풍년 모가지 버거워 깊게 고개 숙인 벼 이삭

볏논에 반사된 빛 제게만 있다 우기고
이슬 터는 참새보다 더 조잘대는 가을 싸늘함

도서관 나와 통행금지 다 된 귀갓길
배는 고프고 추웠지만 마음은 뭔가 그득
가로등 노란 불빛 훈훈한 겨울 골목 어스름
　　　　　　　　　　　　　　－「적바림」 전문

　독자는 우선, 시 제목 「적바림」이란 단어에 생소할
수 있다. 하지만 이 시를 읽다 보면 황순원의 소나기
를 읽듯 시인의 고향인 영산강가의 동화적인 풍경이
눈에 선하게 들어온다. 웅덩이에 찰방 빠진 왼발, 하
얀 여학생 운동화에 묻은 노르스름한 송홧가루 얼룩,
재첩 된장국 냄새, 비에 젖어 비친 흰 교복 속의 브래
지어에 이어 이슬 터는 참새보다 너 조잘대는 가을 싸
늘함까지 읽게 되면 양숙 시인의 시인으로서의 진면
목에 아, 이 멋진 표현을! 하고 감탄사를 찍게 된다.
시는 삶의 함축을 위한 표현 행위이며 문학의 여러 장
르 중 '단축'이란 의무적 분류로 치부된다. 이 시는 여
기에 일치한다. 시를 읽어 내려가면서 마치 스토리 탄
탄한 동화 소설을 읽는 듯하고, 오랜 앨범 속의 흑백
사진이나 옛 영화를 보는 듯하다.

　지글거리는 꽃불

불잉걸 그러모으고
불티 하나까지 다독여
활활 태워버린다
꽃 그림자마저!

자미탄 엉그름에도
콧김 하나 남지 않아
결국, 결국에는
염천에 동사하고 말
식영정 배롱나무 너!

-「염천 동사炎天 凍死」전문

염천에 동사한다는 어구 자체가 모순이다. 하지만
시인에게는 단어 사용에 특권적 자유가 있다. 무등산
자락 대나무 숲 정원이 아름다운 소쇄원 옆 너른 호수
광주호를 앞에 둔 아름다운 정자 식영정이 있다. 여기
서 본 배롱나무 불잉걸 그러모은 꽃불을 '염천 동사'라
고 활활 태워버린 꽃 그림자를 핑계 삼아 이리 극단적
표현을 했다. 어쩌면 염천에 동사할 일 많은 세상을
빗대고 싶은 속마음을 이리 표현했는지 모르겠다.

양숙 시인의 『염천동사』 시집을 읽으며 시인의 바람
하나를 또 느꼈다. 시인들의 보이지 않는 의무이기도
한, 잊혀가고 있는 우리 고유의 말 사용이 눈에 띄게

많아 어림잡아 보니:

　도르리, 할줌, 귀맛, 새물내, 불잉걸, 섶, 사랑땜, 쇠구들, 슬맺다, 귀맛, 적바림, 흐름새, 책쾌, 윤슬, 물비늘, 디미방, 나월, 방안퉁수, 마전, 석류잠, 나비물, 엉그름, 풋감, 햇미영 등등이 시 읽는 맛을 더해주어 독자들도 이런 단어를 음미하는 즐거움 또한 크리라 확신한다.

　시인이 쓰는 시에 점수를 매길 수는 없다. 시가 내포하는 의미는 시인만의 오롯한 소유일 수도 있고 독자들 각자의 감성의 권한일 수도 있다. 시가 인쇄되어 시집으로 묶이는 순간이 어쩌면 시가 시인의 품을 벗어난다는 의미일지도 모르겠다. 그렇지만 시를 지은 시인은 자기만의 감성을 고집한다. 시집『염천동사』가 정년을 코앞에 둔 시인의 자기 위안이 되었으면 좋겠고 그가 꿈꾸는 시업詩業에 조금 더 다가가는 계기가 되었으면 좋겠다. 동료 시인으로서 하나 더 양숙 시인께 바란다면 교육 현장에서 평생을 가르치는 일을 해온 40년의 외길로부터 얻어진 필수의 한정된 사고의 폭을 더 넓혀서 은퇴 후에도 남은 '살이'에, '시를 위한 시에 의한' 진정한 평안의 자유를 얻길 기원한다.